# LA HOLANDE

## AVX PIEDS

# DU ROY.

### PAR

Monfieur de la VOLPILIERE,
Docteur en Theologie.

À LYON,

Chez VINCENT MOVLV, Imprimeur
ruë Belle-Cordiere, proche S. Eftienne.

M.DC. LXXIII.

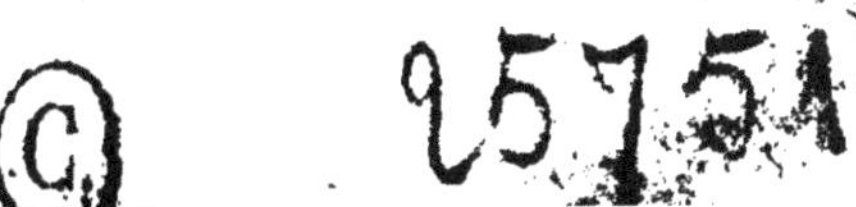

# AV ROY.

**S** IRE,

Ce seroit assez pour une Captive
de suivre le char de son vainqueur
gemissant sous le poids de ses fers, elle
ne devroit s'expliquer que par ses sou-
pirs, & ne se faire entendre que par le
bruit de ses chaînes. Egalement cri-
minelle & mal Heureuse d'avoir armé
contre elle celuy qui s'etoit tousjours
si favorablement armé pour elle, il
semble qu'avec le sang quelle a versé
de toutes ses veines elle ne devroit repandre que des larmes, pour laver
son crime, ou ne prononcer des paro-
les que pour deplorer son malheur.
Bien qu'elle soit autant humiliée,
qu'elle avoit injustement entrepris de

A ji

s'elever , il semble qu'elle conserve encore quelque orgueil dans sa de_ sloitte,& quelque liberté dans sa servitude puisqu'elle ose paroître en la presence de V. M.

Cest pourtant Sire,pour y tenir un langage bien different de celuy qu'elle tenoit autres fois. Ce n'est plus pour irriter vostre courroux;mais pour l'appaiser.C'est pour demander la paix a celuy qui ne trouvant plus d'ennemy qui luy resiste, semble n'estre plus en etat de faire la guerre.

Elle implore la clemence de celuy dont elle a ressenty le pouvoir; & elle qui pretendoit marcher sur les Têtes, n'a point aujourd'huy Sire,de plus heureux partage que de se jetter à vos pieds.Dans cet etat ou je la represente à V.M. elle n'a plus cette arrogance qui la rendoit autrefois odieuse.Et si luy reste encore quelque fierté, c'est de servir au triumphe du plus grand Roy du monde, & d'estre jusqu'icy la plus glorieuse partie de son Histoire. Toutes ces considerations me font esperer, Sire, que V. M. ne luy refusera point son audience, qu'avec la méme patience avec laquelle autrefois elle en a souffert des mécontentemens, elle en recevra des satisfactions, elle en entendra des Eloges.

Ie sçay bien, Sire, que les plus eloquentes Bouches s'ouvrent pour vous faire des Panegiriques, & que les plus sçavantes mains travaillent pour apprendre à la posterité des merveilles, dont l'Antiquité n'a jamais veu d'exemples. Ie sçay que toutes les Muses tâchent a rédre leurs Lauriers illustres en les mélant parmy les Vostres, & qu'il n'y en a pas une qui ne s'efforce a vous eriger un Autel dans le Téple que tout l'Vnivers Bâtit à vôtre gloire. Mais s'il est vray, qu'il n'est point de plus agreable loüanges que celles qui partent de la bouche d'un Adversaire, je me persuade, que V. M. ne rejettera point celles d'un ennemie, qui ne prend cette qualité, que pour rendre les Eloges moins suspects & plus glorieux Comme elle à été le theatre de vos Conquêtes, & le temoin de vos exploits, il semble qu'elle a plus de droit que tout autre de les publier.

Du moins comme je n'ay pu me taire dás une occasion où toute la terre parle, j'ay cru, Sire, que je ne pouvois te noigner plus de zele pour la gloire de V M qu'en obligeant une langue injurieuse de reparer des grádes offenses par de grands Hommages, & de contribuer autant à repandre le bruit de vos victoire , qu'elle avoit inutilement entrepris d'en arréter le cours. Mais tandis que ie l'engage à confesser publiquement aux pieds de V. M. qu'ayant l'Honneur d'estre la plus grande Conquéte du plus grand de l'Vnivers, elle doit cherir ses fers commes des Couronnes , & ne s'estimer pas moins heureuse d'obeir à vos volontez, que de gouverner des Empires ; permettez, Sire, que ie mele ma voix à celle de cette illustre Capptive, pour prendre avec elle la plus glorieuse de toutes les qualitez, C'est d'estre

SIRE

*De vostre Majesté*

*Le tres humble, tres-obeissant & tres fidele Serviteur & sujet*

De la VOLPILIERE.

A iiij

LA

# LA
# HOLANDE
## AVX PIEDS
# DU ROY.

## ODE I.

*La Holande aux pieds du Roy, elle luy demande la*
*Paix, & se confessant coupable, tâche de*
*rentrer en grace avec luy.*

Favorable Vainqueur souffrez qu'u-
ne insolente,
Abbatuë à vos pieds, & soumise à
vos loix,
Mortellement atteinte, & reduitte
aux abois,
Avant que d'expirer, devienne Penitente:
Ou que le même bras qui prise son orgueil.
Par un pouvoir égal la tire du cercueil,
Par un pareil effort l'ôte du precipice.
Elle ressent l'effet de sa temerité
Mais avant qu'e . . ouvez toute vostre Iustice,
Elle vient reclamer toute vostre Bonté

A 3

Le Monarque immortel dont vous étes l'i-
    mage,
Dont vous reprefentez la puiffance en ces lieux,
Dont la douceur éclate en celle devos yeux,
Nous apporte fe calme auffi bien que l'orage.
Il ne conferve pas un couroux éternel,
Luy confeffant fon crime, on n'eft plus criminel
Il n'eft pas à nos vœux toujours inexorable.
Souvent à fa Bonté fa Iuftice fe rend,
Et toujours il fuffit, de s'avoüer coupable,
Affin qu'en fa prefence on devienne innocent.

❀

Grand Roy qui vous reglez fur ce parfait mo-
    dele.
Dont vous formez en vous le fidele tableau ;
Vos mains n'ont pas toujours le foudre & le car-
    reau ,
Pour abbatre l'Orgueil d'une téte rebelle.
Toujours infurmontable, on fçait vous furmonter
Quand on a le fecret de ne pas refifter.
Voftre courroux s'étient , voftre cœur fe modere;
Quand pour toute deffenfe on fçait vous reda-
    mer.
Et les fecrets efforts d'un repentit fincere
Mieux que cent bataillons peuvent vous defar-
    mer.

En vain dans mes ramparts , en vain dans mes
   murailles
Ie cherchois un azile à ma temerité,
Rien ne peut contre vous me mettre en seureté:
Sur tout autre vainqueur j'ay gagné des batailles,
Et nul autre Guerrier n'eust osé s'approcher
Des murs où fierement je m'allois retrancher.
Mais conte vous,grand Roy , je n'ay nulle def-
   fense,
Ie cede sans contrainte à vos premiers efforts,
Et je suis à vos pieds avec plus d'asseurance.
Que je ne sçaurois estre au milieu de mes Forts.

Au bruit de vos exploits , au bruit de vos con-
   quêtes,
Pour bonner vos progrez, & fermer mes abords,
Iay tenté vainement d'inonder tous mes bords
Par des eaux que je tiens sous de sources secrettes.
I'ay fait par desespoir d'une terre une mer,
Où j'ay voulu moy même avec vous m'abysmer.
I'ay cherché dans ma perte un funeste refuge,
Mon dessein n'a servy qu'à combler mes mal-
   heurs:
Mais pour ne pas perir dans ce nouveau deluge,
Ie repands à vos pieds un deluge de pleurs.

Ie

Ie viens plus sagement me noyer dans mes
    larmes :
Si ce nouveau torrent qui coule de mes yeux,
N'arrête vostre bras, & appaise les Cieux,
Rien ne peut me soustraire au pouvoir de vos ar-
    mes,
En vain à mon secours i'apelle l'Etranger :
En vain i'arme la Terre, en vain i'arme la Mer :
Tout craint dans mon destin une perte commune.
Tout tremble à vostre nom , tout cede a vos re-
    gards,
La Mer vous obeït ainsi qu'à son Neptune.
La Terre vous redoute ainsi qu'un autre Mars.

Tout craint vôtre Trident , tout craint vôtre
    Tonnerre.
A cent peuples voisins en vain i'ay mon recours;
En vain à mon party i'interesse les Cours :
Nul ne veut partager le peril de la Guerre.
La terreur se mélant parmy les Potentats,
Les tenant resserrez en leurs propres Etats,
Leur deffend d'assister une terre Etrangere,
Ie n'ay dans mon debris recours qu'à mon Vain-
    queur ,
Et contre le torrent de sa iuste colere,
Ie ne puis opposer que sa rare douceur.

Outra

Outrágeufe à moy même , à moy-même con-
traire,
D'un puiſſant Protecteur i'ay fait un ennemy,
Qui change les attraits d'un Souverain amy
Aux foudres éclatans d'un Monarque adverſaire,
Ce Roy qui m'a rendu triomphante des Roys,
Et ce bras qui pour moy s'eſt armé tant de fois,
Ie l'ay par ma fureur armé contre moy même.
Mais deſormais ſoûmiſe au joug de ce Vain-
queur,
Ne dois-je pas trouver dans mon malheur extrê-
me
Sous un ſi doux empire un ſuprême bonheur ?

✻✻✻

Par le triple lien d'une Triple Alliánce
Ie croyois tellement enchaiſner voſtre bras,
Qu'impuiſſant deſormais à rendre des combats
Il ſe limiteroit aux bornes de la France.
Mais né pour ſubiuguer un iour tout l'Vnivers,
Vous m'avez fait tomber moy - même dans les
fers,
Rompand ce triple nœud , qui pouvoit me def-
fendre,
Et par qui ie formois un party ſans égal,
On voit revivre en vous l'invincible Alexandre,
  *a* Qui pour regner par tout briſa le Nœud Fa-
tal.

    a Le Nœud Gordien.

Mais

Mais bien loin qu'en ce iour Alexandre re-
    naiſſe,
Il faut que ce Heros expire de nouveau,
Que derechef du trône il deſcende au tombeau,
Qu'aprés de vous , grand Roy , toute ſa gloire
    ceſſe.
S'il regnoit ſur la Terre autrefois ſans pareil,
S'il brilloit dans le monde ainſi que le Soleil,
A t'il quelque rayon que voſtre éclat n'efface ?
Si par la voix commune il ſe nomme le Grand,
De toute ſa grandeur reſte-t'il quelque trace ?
Et peut-il egaler  Louys le Conquerant.

Abbattre en un moment tant d'orgueilleuſes
    têtes,
Et prendre en peu de iours tant d'imprenables
    forts,
Aborder en vainqueur d'innacceſſibles bords,
Et conter tous ſes pas par autant de Conquêtes,
Renverſer des Etats formidables aux Rois ,
A la fois les combattre & les vaincre à la fois;
Dompter en un inſtant des peuples indomptables.
Ce ſont juſqu'aujourd'huy des exploits innoüis.
Ce ſont des veritez qu'on prendroit pour des Fa-
    bles ,
Si ce n'êtoit des faits entrepris par Louys.

Autre

Autrefois j'admirois cette valeur Guerriere,
Lorſque par un effort qui troubla ma raiſon.
Malgré le vent, l'orage, & la froide ſaiſon,
On vous vid triompher d'une Province entiere,
Comme par un torrent, que la neige a groſſi,
Et Ville & Citadelle, & Château fut ſaiſi.
La Province effrayée, en appareil funebre,
Calma vôtre courroux, fléchit vôtre bonté.
Mais les nobles travaux d'un Hyver ſi celebre
Cedent aux grands progrez de ce fameux Eté.

❀

Sans terminer encor le cour d'une Campagne
Grand Roy vous achevez ce que mille Drap-
    peaux,
Ce que mille Guerriers, ce que mille Vaiſſeaux,
Ce que toute l'Auſtriche, & que toute l'Eſpagne,
Dans l'eſpace d'un ſiecle, & par mille combats
Avec mille travaux ne commencerent pas.
Ils me donnoient par tout d'inutiles batailles:
Ils attaquoient en vain mes forts & mes ram-
    parts.
Tout ce qui m'approchoit tomboit à mes mu-
    railles.
Et ie tombe à vos pieds, à vos premiers regards.

Inutiles

Inutiles travaux de nombreuses Années !
Tristes evenemens de mal heureux Conseils !
Vains efforts, faux avis frivoles appareils !
Rien ne peut eluder l'Arrest des destinées.
O Dieu ! par quel malheur ay-ie fait vainement
Et sur Mer & sur Terre un si fort armement ?
Mais par quelle fureur ay-ie allumé la Guerre
Contre un Prince en tous lieux de Palmes cou-
          ronné ?
Quel Etat desormais, quel peuple de la Terre
Peut refuser un Roy que le Ciel a Donné ?

☙❦❧

Mais quoy ? malgré mon sort ce monstre d'he-
          resie ,
Armé d'insolence & de l'ambition
Excitoit mes enfans à l'obstination,
Et venoit tous les iours nourrir ma frenesie
L'enfer interessé, dans mes nouveaux combats,
Animoit ses supports à sauver mes Etats.
De tous ce noirs desseins les funestes complices,
Animez de son souffle, armez de ses iureurs,
S'obstinoient à garder l'appuy de tous les vices,
Et sauver un azile à toutes les erreurs.

Cent Tyrans, qui chez moy prenoient le nom
　　de Peres,
　ſe chargeant tous les jours par des impôts nou-
　　　veaux,
　　me faiſant gemir ſous de peſaus fardeaux,
　　ſoient porter le nom de mes dieux Tutelaires.
Ils oſoient me flatter du nom de Liberté,
Tandis que me tenant ſous leur captivité,
Ils faiſoient ſous leurs fers ſoupirer mes Provin-
　　ces.
Ie craignois le plus doux de tous le Conquerans,
Pour ne me pas ſoumetre au plus juſte de Princes,
I'étois aſſujettie à plus de cent Tyran.

***

a Ce Miniſtre orguilleux qui m'attire la guerre,
Pareil à ce Hardy qui s'égalant aux Dieux,
Et voulant élever un Trône ſur les cieux,
En fut precipité par un coup de Tonnerre.
Enfant de Phaëton, dont l'orgueil nompareil
Entreprit de mener le chariot du Soleil :
Malheureux fugitif, ſource de mes deſaſtres :
Faux Ioſué, faux devin, qui de la méme voix,
Qu'on arreſta jadis le plus brillant des Aſtres,
Entreprit d'arreter les puiſſant des Rois.


a Van Beuning, qui ſit peindre un Soleil avec cette parole
la Ioſué; Sta Sol, arreſte toy.

B

Tandis que ce soleil parcouroit sa cariere,  
Qu'il repandoit le jour à cent peuples divers,  
Et que pour devenir l'Astre de l'Vnivers,  
Il étendoit sur terre & sur mer sa lumiere :  
Que sous les Aquilons & parmy leurs froideurs  
Il faisoit mieux sentir ses puissantes ardeurs,  
Cet insolent jaloux qui me perd sans ressource,  
Parmy ses grands progrez voulut le retarder,  
Voulut non seulement l'arrêter dans sa course,  
Mais le voulut encor faire retrogarder.

❊❊❊

Bien loin de s'arrêter, il vient comme la foudre,  
D'un plus pompeux éclat, d'un plus rapide cours,  
Il vient briser l'orgueil de mes superbes tours :  
Par ses rayons ardens il vient me mettre en pou-  
     dre:  
Ainsi quand on oppose une digue au ruisseau,  
Qui d'un cours innocent faisoit rouler son eau,  
Et d'un riche crystal arrosoit les campagnes ;  
Il se fait un torrent dont la rapidité  
Dans son debordement menace les montagnes,  
Et repare le tort de son cours arrêté.

Alors

Alors parmy les champs il se fait cent ravages.
A l'effroyable bruit de ces rapides eaux,
Les pasteurs allarmez ainsi que les troupeaux,
Vont chercher vainement l'enceinte des villages.
Ce deluge va tout abysmer auec eux.
Ainsi vostre courroux poursuit ces malheureux,
Qui mirent de l'obstacle à vos iustes conquestes.
Ils n'ont pû qu'à leur perte en arrester le cours :
Empeschant le Soleil de luire sur leur testes,
Il est iuste qu'ils soient à la fin de leurs iours.

❦❦❦

Bel Astre, dont l'aspect me fut si salutaire,
Vous n'auez plus depuis pour moy de doux re-
        gards !
Vous changez vos rayons en de funestes dards !
Vostre feu m'obscurcit plustost qu'il ne m'éclaire.
Vous auez pû deja par l'ardeur de vos rays
Et brûler mes moissons & secher mes marais ;
Vous n'auez plus pour moy qu'une sombre lu-
        miere.
En vain ie m'appuyois sur le cours de mes eaux,
Elles ne seruent plus qu'à fournir la matiere ,
Pour former contre moy de funestes carreaux.

Ainſi qu'une vapeur vous m'avez elevée,
Et vous me diſſipez, ainſi qu'une vapeur.
Pourriez vous conſentir à mon dernier malheur,
Vous, Grand Roy, qui cent fois m'en avez pre-
    ſeruée ?
Par vous de cent perils mes enfans échapez
Periroient ils, Grand Prince, à vos diuins aſpects?
Vous les avez ſauvez de fureurs étrangeres:
Mais vous ne ſeriez pas leur divin Protecteur,
Si contre le plus grand de tous leurs Adverſaires,
Vous n'étiez en ce jour encor leur Defenſeur.

✾

Si pour vous appaiſer je vous dois des Victi-
    mes,
Combien de mes enfans à vos yeux immolez,
Combien ſous le debris de mes murs ébranlez
Se ſont enſevelis au milieu de leurs crimes ?
Mais combien devenant eux mêmes leur meur-
    triers ,
Et devançant ainſi le bras de vos Guerriers,
Ont de leurs propres mains puny leur inſolence?
Ceux qui ſont échappez au fer de leurs vain-
    queurs,
Viennent à vos genoux prier voſtre Clemence,
De les vouloir ſouſtraire à vos juſtes rigueurs:

Grand

Grand Monarque, ce sont les deplorables re-
    stes
D'un peuple qui s'immole à vos ressentimens,
Et qui soûmis enfin à tous vos jugemens,
Vous offre d'un Etat les reliques funestes.
Charmé de vos bontez , il doit apprendre un
    jour
A ceux que leur fureur enleve à vostre amour,
Qu'obstinez à perit plûtost qu'à se soumettre.
A supporter plûtost mille Maistres qu'un Roy,
Leur unique malheur fut de ne pas connêtre
Combien ils pouvoient vivre heureux sous vôtre
    Loy.

Cessez, grand Roy, cessez de foudroyer les
    testes,
Convertissez vos soins à conquerir les cœurs;
Et pour vous elever au dessus des Vainqueurs,
Terminez vos progrez par ces douces con-
    quêtes.
Aussi pour quel usage & le foudre & le fer?
Il n'est plus d'ennemy qui resiste sur Mer,
Il n'est plus d'ennemy qui resiste sur Terre.
Il faudra, grand Monarque, il faudra desormais,
N'ayant plus d'ennemy qui soûtienne la Guerre,
Malgré vostre valeur consentir à la Paix.

B 3

S'il eſt pour un grand crime une aſſez grande
    peine,
Dans le ſang & le deüil, ou mon cœur eſt plongé,
Ie ſuis aſſez punie, & vous aſſez vangez :
Il eſt temps que l'amour triomphe de la haine.
S'il faut de mon debris reparer voſtre honneur,
Contentez vous de voir la fin de ma Grandeur ;
De voir mes grands Etats deuenus vos Conque-
    ſtes ;
De voir mes Souverains au rang de vos ſujets;
Et ceux qui pretendoient s'eleuer ſur les teſtes
Trop heureux de pouuoir ſe ietter à vos pieds.

LA

# LA HOLANDE

## AVX PIEDS

# DU ROY.

## ODE II.

*Elle publie ses Conquestes , & le reconnoit son vain-*
*queur & sur Mer & sur Terre.*

Rgueilleuse d'auoir une Flotte à cent
voiles,
Sur ces mobiles Forts armez de tou-
tes parts,
Contre tous les assauts de Neptune & de Mars,
Ie bravois les Tritons, ie bravois les Etoiles,
Et cherchant la Victoire en un Combat naval,
I'aurois pû triompher d'un Souverain rival,
Et ravir le Trident à la fiere Angleterre,
Si le Ciel , qui ne veut qu'un Roy dans l'Vnivers,
Vous donnant aujourd'huy l'Empire de la Terre,
Il ne vous destinoit à l'Empire des Mers.

B 4

Dans l'effroyable objet de la mer irritée,
Le tumulte des vents, & l'insulte des flots,
N'allarment pas si fort le cœur des Matelots,
Qu'à vos Vaisseaux armez je fus épouvantée.
Le feu de vos Canons, le feu de vos Bruleaux,
S'accordant pour me perdre à la rigueur des
        eaux,
Me faisoit endurer un enfer d'artifice.
Ie souffris la fureur de ces deux Elemens;
Tout ennemis qu'ils sont, la Divine Iustice
Les accorda tous deux pour doubler mes tour-
        mens.

⁂

l'abandonne le Champ de Mars & de Neptu-
        ne.
Mes Vaisseaux échapez du naufrage & du fer,
Pour ne plus soûtenir le courroux de la mer,
Et ne plus essuyer celuy de la Fortune ;
En vain dans leur debris s'approchent de mes
        bords.
Vostre Flotte m'assiege au milieu de mes Ports,
Ainsi que vostre Armée au milieu de mes Villes.
Le Havre ne m'est plus un lieu de seureté :
Et n'ayant plus sur Mer ny sur Terre d'aziles,
Mon unique refuge est en vostre Bonté.

Non

Non moins fiere pourtant sur terre que sur
   l'onde ,
Ie bravois le pouvoir des hommes & des dieux;
Du fond de mes marais je m'elevois aux Cieux,
Et j'osois aspirer à l'Empire du monde.
Le moindre de mes Forts étoit un Ilion,
Qui donnoit de l'audace à ma rebellion,
Et qui me flattoit d'estre invincible aux Achilles.
Du moins n'aurois-je crû, que dans si peu de téps
Des hommes pussent faire à la prise des Villes ,
Ce qu'autrefois les Dieux ne firent qu'en dix ans.

Ie pressentois pourtant quelque triste avanture
Le passé me faisoit juger l'avenir.
Et de vos grands exploits l'immortel souvenir
Me donnoit de mon sort quelque sinistre augure.
L'Ours, l'Hydre,, & le Lyon, l'Aigle & les Leo-
   pards
Enchaisnez par vos mains , deffaits par vos re-
   gards.
Prophetisoient déja qu'une ame si Guerriere ;
Qu'un Prince qui triomphe aussitost qu'il cóbat,
ªQui prend malgré la glace,une Province entiere
Pourroit bien malgré l'eau, prendre tout un Etat.
  ªLa principale force de la Holande consiste dans les eaux.

L'effet

L'effet fuivit ma crainte au fiege de mes Villes,
Où ie fus inveftie , & fus prife à la fois.
Ainfi qu'au coup de foudre, à voftre feule voix
Vous renverfiez mes meurs , & mes plus fort
          aziles.
Au bruit de voftre Nom & d'un Frere Vain-
          queur,
Ie manquois de deffenfe , & ie manquois de
          cœur ;
L'effroit fçut ébranloit d'inébranlables Places :
Comme lors qu'il fe forme un Orage dans l'air,
Dés que voftre Tonnerre éclatoit en menaces,
Sans attendre le coup ie tombois à l'éclair.

⁂

*a* I'avois cru qu'on verroit vos forces confu-
          mées
Au fiege d'une Place, à l'attaque d'un Fort:
Mais vous ne bornez pas ainfi le grand effort
De vos nobles Guerriers, de vos belles Armées:
D'abord quatre Citez en partagent le poids;
Et vous feul commencez d'abord où quatre Rois,
Ou quatre Conquerans borneroient leur cariere.
Vous donnez à la fois quatre divers Combats:
En tous quatre pourtant voftre force eft entiere;
Se partage à tous quatre , & ne s'affoiblit pas.

*a* Quatre Villes à la fois affiegées au commencement de
la Campagn .

De

De voftre force il eft.comme de la lumiere,
Qui fe repand toûjours à de fujets divers,
Et fe communiquant toûjours à l'Vnivers,
Se partage toûjouts, & toûjours eft entiere.
Telle eft voftre puiffance ; *a* Et comme le Soleil,
D'une mefme lumiere éclaire plus d'un œil,
Voftre force eft égale à plus d'un adverfaire,
Et vous pouvez former plus d'un Siege à la fois:
Car ce qui loin de vous par vous ne fe peut faire,
Se fait par le feul bruit de vos divins exploits.

☵

Rimberg ne dois-tu pas cherir ta deftinée,
D'eftre le premier champ où le premier des Rois
Veut ouvrir la cariere à fes plus beaux exploits,
Et commencer les cours de fa plus noble Année?
Du Danube & du Tage autresfois les Guerriers
Moiffonnant par leur fer en tous lieux des Lau-
      riers,
Le Rhin leur oppofa ta longue refiftance.
Tu fis pour les laffer des exploits inoüys:
Ce qui rend plus illuftre encore ta Puiffance,
Tu pus du moins un iour refifter à Louys.

*a* Nec pluribus impar.

Orfoy

Orſoy ſouffre à la fois une double contrainte :
Le pouvoir d'un aymable & d'un terrible Mars,
Força d'abord ſon cœur ainſi que ſes ramparts :
ᵃCe vainqueur l'éporta par amour & par crainte.
La grace & la terreur s'accordent dans ſes yeux.
Et font qu'on le redoute & qu'on l'ayme en tous
　　lieux:
On void dans ſes regards ceux de Louys le Iuſte;
Et l'on void dans ſon cœur celuy d'Henry le
　　Grand,
Ce qui le rend encor millé fois plus Auguſte,
Il a l'œil & le cœur d'un Frere Conquerant.

✻

ᵇVeſel dans ma diſgrace autrefois mon refuge,
Voyant prez de tes murs l'invincible Condé,
Comme ſi d'un torrent on t'avoit inondé,
De peur de te noyer dans un ſanglant deluge ;
Ou de renouveller le ſort de Philipsbourg ,
Ou d'attirer ſur toy le deſtin de Fribourg,
Tu vas de ce Heros implorer la clemence.
Et ſi ſa main bleſſée eut pû ſuivre ſon cœur,
Ce que je viens icy ſauver par indulgence,
Ie l'aurois dés long-temps perdu par ſa valeur.

ᵃ Monſieur le Duc d'Orleans.
ᵇ Monſieur le Prince.

La deffence eſt trop foible & l'attaque trop rude:
*a* Burich il faut ceder, Turenne te combat;
Et bien que ta deffaite ébranle tout l'Etat,
· De ſes fameux Exploits tu n'es que le prelude:
On voit ſur mon debris ce genereux Guerrier,
Ioindre Palme ſur Palme & Laurier ſur Laurier,
Tandis que *b* le Neveu comme un autre Moyſe,
Leve le cœur, la voix, & les mains vers les cieux,
L'Oncle comme un Vainqueur de la Terre pro-
    miſe.
M'attaque, me combat, me ſurmonte en tous lieux.

*c* Au Paſſage du Rhin mes troupes allarmées
Crurent que les Tritons n'étoient plus fabuleux,
Douterent ſi Neptune, ou ſi Mars à vos vœux
Animoit vos Guerriers, commandoit vos Armées.
Ce fleuve dont en vain je deffendois le bord,
Fut ſurpris de ſe voir par un nouvel effort
Traverſé malgré l'onde & le fer à la nage.
Thetis en fut émëue, & crut de voir ſon Fils
Encore du Scamandre empourprer le rivage,
Et cueillir ſur le bord le Laurier & le Lys.

a Monſieur de Turenne.
b Monſieur le Cardinal de Bouillon.
    Le paſſage du Rhin prez de Tolhuis.

Ce fut là que ie vis cent genereuſes Ames
S'allumer à vos feux, s'avancer ſur vos pas,
Et chercher à l'ennuy dans un noble trepas,
Sous la rigueur du fer, ſous la fureŭr des flâmes;
Et malgré le Torrent de vagues & des flôts,
Le nom des Conquerans, & le nom des Heros :
Dans cette noble ardeur, leur ame impatiente,
Sembloit ſe plaindre au Rhin, ſembloit ſe plain-
    dre à Mars,
Que Bellone trop lâche, & que l'Onde trop lente,
Ne leur amenoit pas aſſez toſt les hazards.

*a* Alors ie vis couler le plus beau ſang du mon-
    de:
Le Bras, qui de l'Europe a ſoûtenu le poids,
Qui ſur le bord du Rhin triompha tant de fois,
*b* De mon ſang & du ſien en a coloré l'onde.
Là je vis un Aiglon mépriſer les éclairs,
A travers les perils s'elever dans les airs,
Et faire de ſon vol retentir mes rivages.
Ie le vis, cet Aiglon, d'un eſſor nompareil,
Voler aprés un Aigle, & malgré les orages,
Aller chercher ſon Nid tout auprés du Soleil.

a La bleſſure de Monſieur le Prince.
b Monſieur le Duc d'Anguien a pris pour deviſe un Aigló
qui vole aprés un Aigle, avec ces mots. *Quo patris iter.*

Au champ où le Laurier se seme & se mois-
　　sonne,
Ie vous vis allumer & moderer l'ardeur
*a* De deux ieunes Heros, que leur noble valeur
Exposoit trop souvent à la traistre Bellone.
Ie vis dans vn grand Cœur *b* la race Dunois
Briller dans tout son iour,& s'éteindre à la fois.
De ce sang repandu ie voy souffrir la peine,
Ie voy m'ensevelir dans mon propre tombeau,
Et ie suis sur sa tombe une autre Polixene,
Qui dois ioindre bien tost cet Achille nouveau.

*c* Skin ny ta Garnison, ny ton Architecture,
Ny tes vaillans Guerriers , ny tes puissans ram-
　　parts,
N'ont pû te garantir d'un redoutable Mars,
Dont la valeur surmonte & l'Art & la Nature.
Tu resistas long-temps à l'Espagne autresfois:
Aux Canons, aux assauts tu resista neuf mois :
Aujourd'huy tu pâlis au seul bruit du Tonerre ;
Ton Vainqueur t'épouvante aux éclairs de ses
　　yeux :
C'est qu'alors tu n'avois qu'à combattre la Terre;
Aujourd'huy tu combats & la Terre & les Cieux.

a Messieurs de Vendosme.
b　Monsieur le Duc de Longueville.
　c La prise du Fort Skin.

Van-Beuning c'eſt icy le Ioſué veritable,
Qui vient armé du foudre , exterminer le Faux :
Les murs en ſa preſence abbatus ſans aſſauts
Te vont enſevelir ſous leur chûte effroyable.
Voy comme il renouvelle  aujourd'huy ſur le
    Rhin.
Ce que fit ce Heros jadis ſur le Iourdain:
Ses foudroyans regards abbatent nos murailles.
Combien de Iericho tombent comme autresfois;
Il triomphe ſouvent ſans donner de batailles :
Auſſi-bien que ſes mains , ſes yeux font  des Ex-
    ploits.

❦❦

Il imite luy ſeul cet homme inimitable,
Qui triomphoit jadis & des Roys & des Dieux,
Qui ſubjuguoit la  terre &  commandoit aux
    Cieux,
Et qui ſurpaſſe encor & l'Hiſtoire & la Fable.
Toy qui veux imiter cet homme ſans pareil,
Dont la puiſſante voix arrêta le Soleil:
Tu veux faire le méme & tu fais le contraire.
Ton impuiſſante voix ne fait qu'un peu de bruit,
Et bien loin d'arrêter l'Aſtre qui nous éclaire ,
Loin d'allonger le Iour , tu m'avances  la Nuit.

Ie

Ie perds dans un seul siege une belle Province:
a Zutphen l'espoir, l'honneur, l'appuy de mes
    Etats
Triomphante autrefois de deux grands Potentats
Laisse de resister à l'attaque d'un Prince.
Cé Frere sans second, d'un Frere sans pareil,
Ce bel Astre qui brile auprez de son soleil,
De ce divin Flambeau reçoit tant de lumiere,
Que de son grand éclat mes Soldats eblouys,
Mes peuples étonnez de sa valeur Guerriere,
Le redoutent par tout comme un autre Loüys.

❦

Ainsi l'ancienne Vtrect aussi forte que belle,
Pour ne pas attirer vostre juste courroux,
A receu les Soldats qui combattent pour vous.
Et se defend de ceux qui combattent pour elle,
Elle a bien moins aymé vous recevoir chez soy,
En Prince Conquerant qu'en Pacifique Roy:
Et bien que vostre nom allarme la Province;
Ses yeux en vous voyant furent si satisfaits,,
Qu'elle douta de voir en Vous, Aymable Prince,
Qù le Dieu de la Guerre ou le Dieu de la Paix.

a La prise de Zutphen par Monsieur le Duc d'Orleans.

C       L'Or

*a* L'orgueilleuse Nimegue a fait des resistancs :
A voulu d'un grand Siege essuyer les travaux.
A souffert la Trenchée, & contre vos assauts ,
A crû superbement d'opposer des deffenses.
Mais qui peut resister au pouvoir du destin?
Les forces de l'Ibere , & les secours du Rhin
Ne sçauroient contre vous m'assurer un Azile.
Plus grands sont mes efforts plus beaux sont vos
        exploit :
Par un double Laurier , dans une seule Ville ,
Vous dontez la Holande & l'Espagne à la fois.


*b* Ce terrible Voisin , qui de la Vestphalie
Est venus s'elever sur mon propre debris,
Quel exploit sur l'Issel n'a t'il pas entrepris?
Quelle Palme en mes champs n'a-t'il pas recueil-
        lie ?
Ce Conquerant Sacré, Souverain de Munster ,
A pris une Province en prenant Deventer,
Et va sous vos Drappeaux triompher de la Frise.
Deja Couverden cede,& Groningue perd cœur.
Ie sens bien que mon sort me rapelle à l'Eglise ,
Puisque le Ciel me donne un Prelat pour Vain-
        queur.

a Le Siege de Nimegue dont la garnison étoit composée
d'un grand nombre d'Espagnols.
  b L'Evêque de Munster.

Turenne ce grand Chef, ce grand Bras de Bel-
     lonne ;
Le vaillant Luxembourg, qui fait encor icy,
Revivre le beau sang du grand Montmorency :
Bouillon, Guiche, de Sault, Rochefort, Vi-
     vonne :
*a* Vn autre Grand Guerrier, qui du fier Ottoman
A fait palir la Lune & trembler le Turban,
Et cent autres grands Noms, cent autres grands
     courages ;
Qui malgré le Trepas vivront dans les Esprits,
Ont sous vos etendarts achevé des Ouvrages
Que je croyois encor n'estre pas entrepris.
   Ie me flattois d'avoir d'admirables Genies,
Qui plus forts de l'esprit qu'ils ne le font des
     mains,
Pourroient par leur addresse arrêter vos desseins,
Et conserver le Nœud des Provinces Vnies.
Mais vous me combatez de la Tête & du Cœur,
Voüs joignez la conduitte, à la noble valeur,
*b* A de vaillans Guerriers, deux sages Politiques ;
Dont je crains les conseils ainsi que vos combats ;
Vous avez ces deux yeux, pour sçavoir mes prat-
     tiques,
Et pour les dissiper, plus de cent mille Bras.

  a Monsieur le Duc de la Feuillade.
  b Monsieur de Louvoy & Monsieur de Pomponne.

Vos Braves ont par tout repandu tant d'allar-
    mes,
Que mes Soldats jadis si vaillans & si fiers,
N'osent plus soutenir le front de vos Guerriers,
Et semblent n'avoir plus l'usage de leurs armes.
Ioyeuse & Chamilly terribles à mes yeux,
De la pointe du fer im priment en tous lieux
Et le nom de la France & le nom de leur Prince.
a Grave sert de Trophée à leur noble valeur,
Sa perte enveloppa celle de la Province,
Et fit de son debris un Temple à leur Honneur,

✥

Il n'est Ville, ny Fort, ny Fleuve, ny Mon-
    tagne,
Qui me mette à l'abry de vos bras foudroyans:
En vain dans mes Citez, en vain parmy les
    Champs
I'emprunte le secours ou l'escorte d'Espagne.
Ie Commets ma deffense à de faux Protecteurs,
Qui de mes Boulevards font les usurpateurs
En les voulant sauver des Armes étrangeres:
Vn infame interest a corrompu leur cœur;
Et sous de faux amis trouvant des adversaires,
Ie n'ay de seureté qu'aux pieds de mon vain-
    queur.

a La deffaite de la Garnison de Grave.

# LA
# HOLANDE
## AVX PIEDS
# DU ROY.

## ODE III.

*Elle poursuit ses Eloges de son Conquerant, & se
console de sa defaitte par les avantages
qu'elle en doit retirer.*

Rand Roy, soit que je cede au pou-
voir de vos armes,
Soit qu'enfin je me rende au pouvoir
de vos yeux ;
Ie m'abbats à vos pieds, & j'arreste
les lieux,
Qu'atteinte de vos traits, qu'éprise de vos char-
mes ;
Que malgré la fureur d'un insolent Party,
Qui par un vain espoir de se voir garanti
Fait par un foible effort encore resistance:
Ie veux m'assujettir desormais à vos loix ;
Et s'il peut me rester de l'arrogance,
C'est de n'appartenir, qu'au plus puissant des Rois.

C iij

Vainement ie m'oppose au cours de la victoire:
Grand Roy ! ie confesse , & de la même voix
Qui fut à voſtre Nom outrageuſe autrefois,
Ie veux eterniſer ma Honte & voſtre Gloire.
Mais oſe ie tranſmettre à la Poſterité,
Que voſtre couts ait eu tant de rapidité?
Que mes peuples armez ſur la terre & ſur l'onde;
Et que mes Souverains, qui par leur vains projets
Se promettoient deja la conquête du monde ;
Dans l'eſpace d'un Mois deviennent vos ſujets?

⁂

*a* En moins de trente iours trente puiſſantes
    places ,
Et pleines de Guerriers & ceintes de Ramparts,
Capables de laſſer le bras même de Mars,
Cedent à vos aſſauts, cedent à vos menaces.
Van-Beuning, il eſt vray, de même qu'autresfois,
Le Soleil retrograde ou s'arrête à ta voix,
Et du iour derechef il étend la durée.
Car dans le même iour qu'un Fort eſt aſſiegé,
Au même iour le prendre , y faire ſon entrée,
Faut il pas que le iour ait été prolongé?

*a* Plus de trente Villes priſes en moins d'un mois.

Il n'a fallu qu'un iour pour prendre la Lor-
    raine:
Et par un rare exploit, qui surprit l'Vnivers,
Pour vaincre la Bourgoigne au milieu des Hy-
    vers ,
Il n'a fallu, grand Roy, qu'une seule Semaine.
Toûjours à la Victoire allant d'un plus grand
    pas ;
Il n'a fallu qu'un mois pour dompter mes Etats.
O Dieu ! qu'elle seront un iour vos Destinées !
Grand Prince, si vos iours , vos semaines , vos
    mois,
On fait tant de progrez, que feront vos Années?
L'Vnivers pourra-t'il suffire à vos exploits?

❈

L'Issel qui des Vainqueurs arrêta les Cóqvêtes,
Et le Rhin qui borna les progrez des Cesars,
N'osent vous resister, cedent à vos regards,
Calment à vos aspects leurs flots & leurs tempê-
    tes.
Voftre Valeur se plaint de ne pas luy laisser
D'ennemis à combattre,& de murs à forcer:
Le bruit de voftre nom luy ravit cette gloire.
Vos yeux par leur pouvoir font outrage à vos
    Bras :
Ils vous donnent souvent le fruit de la Victoire,
Avant que d'avoir eu la gloire des Combats.

C 4

Vous vous faites autant aymer dans la Victoire.
Que vous faites craindre au milieu des combats,
A de justes exploits vous bornez vos Soldat :
Ils ne courent pas tant au butin qu'à la Gloire.
Rien n'est à l'insolence auprez de vous permis,
Et parmy vos Guerriers à vos ordres soumis,
Ie n'ay point ressenty le desordre des Guerres.
Car bien loin d'insulter à des peuples battus,
Vous vous monstrez tousjours, au milieu de mes
　　　terres,
Et Maistre des Vainqueurs, & Pere des Vaincus.

❊❊❊

Ie crains & je cheris vostre belle Milice.
Aous reglez vostre Armée ainsi que vostre Etat;
La Iustice en bannit tout injuste attentat ;
La Valeur n'y permet que le noble exercice,
Le Crime en vos Soldats comme en vos Ennemis
Est puny par le fer de Mars & de Themis.
La Fortune vous suit ; la Vertu vous modere,
Nul succez n'a jamais alteré vostre cœur;
Il est tousjours égal , & pendant sa colere,
Il fait toujours encor éclater sa douceur.

Favo

Favorable Destin ! de vivre sous l'Empire
D'un Roy qui se conduit tousjours par l'E-
    quité,
Qui mêle la Douceur avec la Majesté,
Et qui fait à la fois qu'on l'ayme & qu'on l'ad-
    mire.
Tandis qu'il porte ailleurs le tumulte & l'ef-
    froy,
Il laisse l'assurance & le calme chez soy.
D'un Monarque si doux faut.il qu'on se defende?
Faut-il que je m'oppose a de si douces Loix?
Le supreme bonheur de toute la Holande,
N'est-il pas d'aspirer au bonheur des François ?

✤✤✤

Est-il dans l'Vnivers d'Etat où l'abondance ;
Ou l'Art, & l'industrie, & la tranquillité
Ou l'Honneur, la Iustice, & la Felicité
Regnent plus constamment qu'au sejour de la
    France ?
Themis y tient le sceptre, elle y donne des loix:
L'incomparable Prince y parle par sa voix:
Elle le rend l'Arbitre & le Maistre du monde.
Le Commerce y fleurit sur terre & sur les eaux,
Et je ne puis pretendre à l'Empire de l'Onde,
Qu'en gravant desormais le lis sur mes vaisseaux.

Que de prosperitez naissent de ma deffaitte !
Qu'une Guerre fatale, où ie cede au vainqueur ,
Sur mon propre debris éleve ma grandeur.
Qu'un grand calme va suivre une grande Tem-
          pête !
Ie respire déja sous un Astre nouveau,
Aprés l'orage un air plus serain & plus beau :
Sous luy ie ne crains plus le demon de la Guerre.
En seureté sous luy i'occuperay la Mer,
Et paisible sur l'Eau, paisible sur la Terre,
Sous luy ie ne feray la guerre qu'à l'Enfer.

⁂

<sup>a</sup> Le noir Tyran en tremble , & toutes les fu-
          ries,
Qui sortant de leurs fers venoient dans mes Etats,
Y repandre l'horreur de tous les attentats,
Faut cesser à vos yeux tous leurs batteries.
Vous les faites rentrer en leurs noires prisons.
Vous en purgez mes murs , mes temples , mes
          maisons!
Ie ne sentiray plus leurs funestes haleines.
Le Ciel s'ouvrant sur moy me ferme les enfers :
Et loin de m'engager à de nouvelles chaisnes,
Vous venez en ces lieux m'affranchir de mes fers.

a Le triomphe de la Religion sur l'heresie.

Déja

Deja sous les atour d'une Pourpre sacrée,
*a* Le ministre Divin, en cette region,
Arbore l'Etendart de la Religion,
Vn siecle l'a détruite, un iour l'a reparée,
Il rebâtit par tout les Autels demolis ;
Il y plante la Croix , il y seme le Lys,
Ce que ie prophanois par luy i'y solemnise.
Il m'a comme changée en un nouveau Climat,
Et par tout il étend les bornes de l'Eglise ,
Comme vous étendez les bornes de l'Etat.

❋

Il faut bien que les Cieux vous captivent la
  Terre,
Puisque vous captiuez la Terre sous les Cieux :
Ils combattent pour vous, vous combatrez pour
  eux;
Où vous portez le fer , ils portent le Tonnere.
Vous armez à vos vœux les mains des immortels
Ainsi que vous armez vos mains pour leurs Au-
  tels,
Ils signalent vos jours par des faits sans exemples.
Leur supreme pouvoir seconde vos efforts:
Comme vous me forcez à leur rendre leurs
  Temples.
Ils me forcent de méme à vous rendre mes Forts.

*a* Monsieur le Cardinal de Boillon.

L'Hy

L'Hydre dont le venin dés long-temps m'em-
   poifonne,
Ce monftre de l'erreur, & de l'impieté
Gemit, écume & tremble à cette nouveauté,
Où par voftre vertu fa fureur m'abondonne.
Il n'a plus contre moy ny d'ongles ny de dents.
Ecrafé fous vos pieds, fa tête à cent ferpens
Ne fe roulera plus deformais fur mes terres.
Vous eftes contre luy mon Hercule vainqueur,
Et vous cherchez bien moins dans vos heureufes
   guerres,
Le nom de Conquerant que de Liberateur.

❦

Cependant malheureufe, infidele à moy-méme,
Et m'oppofant moy-méme à mon heureux De-
   ftin,
J'ay levé l'étendard contre ce bras divin,
Qui venoit me tirer de mon malheur extréme.
Pareille à ces ingrats qui lancent mille traits
Sur l'Aftre bien faifant qui leur darde fes rays,
J'ay taché d'offufquer le Soleil de la terre.
J'ay cru de pouvoir vaincre un bras tousjours
   vainqueur.
Mais tous mes appareils, tous mes foudres de
   guerre,
N'ont fervy qu'à mieux faire éclater fa valeur,
                                    Grand

*a* Grand Monarque, ceſſez d'allumer le Ton-
  nerre
Pour foudroyer l'orgueil de mes Peuples ingrats:
Ils conſpirent eux-même à perdre leurs Etats.
Ils allument chez eux le Flambeau de la Guerre.
La Diſcorde qui va chez eux tout ravager,
S'accorde à les punir, s'accorde à vous vanger:
Par leurs propres fureurs leurs Villes deſunies,
Reconnoiſſent déja des Souverains divers:
Déja ce ne ſont plus de Provinces Vnies
Elles rompent leur nœud, & tombent ſous vos
  fers.

*b* Eux-mêmes devenant leur bourreaux & leurs
  Iuges,
Ils ſe ſont condámnez eux-mêmes à la mort,
Inondant leur campagne, ils provoquent leur
  ſort,
Et ſe noyent eux-même en leurs propres deluges,
Leur ſang doit-il encor laver leurs attentats?
Aux Roys, aux Immortels, infideles, ingrats,
Pour ſe punir eux-même, ils ſe font des ravages,
La ſoif les perſecute au milieu de leurs eaux,
Prez de leur Port ils font de funeſtes naufrages,
Et dans leurs propres Forts ils trouvent leurs
  tombeaux.

a La diviſion dans les Provinces Vnies.
b L'inondation volontaire de leur Campagne par des eaux
ſalées qui leur empéchent en pluſieurs endroits l'uſage des
eaux douces.                                           Suivy

Suivy de la victoire, armé de la Iustice,
En vain vous abbatriez des peuples abbatus,
En vain vous detruiriez un État qui n'est plus,
Et qui va de luy méme aufond du precipice.
Mais bien loin d'imiter ces vainqueurs inhu-
   mains:
Que la vangeance anime à se plonger les mains,
En des torrens de sang, en des torrens de larmes:
Vostre pouvoir supreme éclatera bien mieux,
Quand des peuples éteints par l'effort de vos ar-
   mes,
Auront repris le jour au rayon de vos yeux.

Hela ! par un orgueil qui cause mon desastre,
Ie croyois égaler un Prince sans pareil,
Ie voulois faire voir des taches au Soleil,
Et tâchois de ternir l'éclat de ce bel astre.
Dans ses plus purs rayons je cherchois des def-
   fauts ,
I'animois contre luy des Monarques rivaux,
Par ma propre fureur cette injure est vangée.
Et je lave mon crime aux eaux de mes marais.
Pour secher ces torrens où je suis submergée,
Ie ne puis , beau Soleil , recourir qu'a vos rays

D'un œil plus favorable addouciſſez mes pei-
     nes
Et mes champs inondez par le cours de mes
     eaux.
Sechez par vos aſpects deux differens ruiſſeau,
Ceux qui baignent mes yeux, ceux qui noyent
     mes plaines.
Vous y verrez fleurir vos Lys & vos Lauriers:
Mes ſçavans Matelots ſuivis de vos Guerriers
Du Couchant à l'Aurore étendrôt voſtre gloire.
Et repandant par tout le bruit de vos beaux faits,
Ils diront que Louys a touſjours la Victoire,
Et que touſjours vainqueur il conſent à la Paix.


Quand la faveur de l'Aſtre, ou la main de Ne
     ptune,
Dans le combat des vents & la guerre des Flots
Rend le calme à la mer, & l'ame aux matelots,
Leur eſpoir entre en grace avec la Fortune.
Ils voguent ſans danger dans l'Empire des eaux ;
Ils vont en aſſurance en des climats nouveaux.
Des Richeſſes du Gange, & de celles du Tage;
Des depoüilles de l'Ebre, & de celles du Nil ;
Ils en font un tribut, ils en font un hommage
Au Dieu qui leur rendit le bras dans le peril,

Ainſi le doux repos ſuccedant aux allarmes,
Et par le même Bras qui me met au tombeau,
Reprenant auec l'ame un courage nouueau;
Ne verſant plus de ſang , ne verſant plus de lar-
        mes :
Mes Vaiſleaux que la crainte enfermoit dans mes
        ports,
Vogueront ſans peril, & chargez de treſors
Ils viédront vous en faire une eternelle offrande:
L'or que l'Aſtre jaunit l'offriront au Soleil,
Et rendront l'Vnivers, ainſi que la Holande,
Tributaire d'un Roy qui n'a point de pareil.

*⁂*

A ces mots le Soleil inveſti d'un nuage,
Diſſipe les vapeurs qui ſortoient des marais,
Et forme de l'Iris un preſage de Paix;
Il ſe fait un grand calme aprés un grand orage.
Le Ciel devient plus beau , les champs plus em-
        bellis.
On y voit par tout naiſtre & l'Olive & le Lys:
Et les peuples unis d'une plus forte chaiſne;
Les eſprits raſſurez, les cœurs épanouys,
Du Nord juſqu'au midy, du Rhin juſqu'à la Seine
D'une commune voix crient Vive Louys;

# FIN.